# ADVIS
## aux absens de la Cour.

1631.

# ADVIS

## aux abſens de la Cour.

Voicy le bout de l'an, & de la renommée
    De voſtre belle armée ;
  La force & la Maiſon de ces braues Lorains
    Eſt ſi foible de reins,
Qu'elle n'oſe flatter le peuple dans la ruë,
    Le monde n'eſt plus gruë :
L'vn des Chefs a mené ſes gens delà le Rhin,
    Et l'autre pelerin
S'en va dire aux Romains, qu'vne ſeule barette
    Luy fera voir Lorette,
Et que le Balafré s'il viuoit aujourd'huy
Seroit plus fou que luy.
Ces Meſſieurs retirez à la Cour de Bruxelles
    Ont mangé leurs vaiſſelles,
Et tremblent au ſerein ſous la legereté
    De leurs habits d'eſté.
Les perles d'Orient galopent la Holande
    Afin que l'on les vende ;
Et ceſte belle Croix qui brilloit à Paris
Eſt en gage à bas pris.
Les Eſpagnols autrez qu'vne ſi grande troupe
    Auale tant de ſoupe,

Et que les Reformez n'ont plus dequoy difner,
　　Se veulent mutiner.
Chanteloube feignit d'enfeuelir fa gloire
　　Dans le fainct Oratoire;
Mais ce fantofme a veu que le temps eft trop beau
　　Pour eftre en ce tombeau.
Heritier d'vn bon pere il veut faire paroiftre,
　　Abandonnant le Cloiftre,
Qu'il aura comme luy le vice & la vertu
　　Dont il fut reueftu.
Il quitta fon habit, fes vœux & fa banniere
　　Pour prendre vne Mufniere
Qui conceut au Bourg-Dieu du fang d'vn apoftat
　　Cefte pefte d'Eftat.
Que d'eftranges deffeins ! ô Dieu quelle farine
　　Se fait en fa poitrine;
Sa rage efcraze tout, & fon cœur mal-faifant
　　Eft cruel & pefant:
Son vifage caché fous vn mafque feuere
　　Veut que l'on le reuere,
Et promet de tirer la Reyne de trauail
　　S'il a le gouuernail.
Noftre Amiral veut bien que toute cefte flotte
　　N'ait point d'autre Pilote.
Cét excellent Miniftre a pris pour confident
　　Sainct Germain le Pedant:
C'eft vn vray fanfaron de Chaire & d'Efcriture,
　　Et Docteur en peinture,

Qui nous confirme assez par son nouueau discours,
Que l'on trouue tousiours
Dans les subjets bannis hors de la Compagnie
Des excez de Manie :
Il mesprisa ses vœux , & qnitta les leçons,
Et non pas les garçons ;
Sa verge estoit par trop fascheuse à la ieunesse,
Qui dedans sa foiblesse
Ne pouuoit endurer la meurtriere main
De ce Pere inhumain.
Il tasta si souuent les escoliers d'Auuergne,
S'ils n'auoient point de hairgne,
Que trop de charité d'vn tel Operateur
Dépleut à son Recteur :
Tout ainsi que depuis ce vilain Caudataire
Fut horrible au Dataire.
Qui creut qu'on ne pouuoit le mettre sans peché
Dedans vn Euesché :
Quoy qu'il ait déuoüé son ame à l'imposture,
Sa main pleine d'ordure
Ne fera point d'escrits qui me soient impuissans
Contre les innocens,
Et ce trauail aura la fin & le salaire
Du defunct Pere Hilaire.
Que de gens attrapez , que de foibles esprits
Se trouueront surpris !
Encore que Tilly n'eust point versé de larmes
Dessus ses vieilles armes ;

Et quoy que le Saxon n'eust pas abandonné
Ceux qui l'ont couronné ;
Que nous n'eußiõs point veu six mille barbes razes
Perir dedans les vases ;
Que le superbe Duc des Chamois & des Ours
N'eust point finy ses iours,
Ou que son fils qui fut le portier d'Italie
Eust suiuy sa folie :
Puis que les Huguenauts ont perdu le credit,
Les plus sages ont dit
Que toute la vigueur du Baron de Feneste
Est dans le Manifeste ;
Et que le Cardinal a moins de peur des fous
Que la Lune des loups.
C'est luy dont les conseils donnerent à la France
Plus que son esperance,
Et qui luy font gouster tant de gloire & de fruict
Que son temps a produict.
Alors qu'en seureté tout le monde sommeille
Sa preuoyance veille,
Et regardant l'Estat de l'vn à l'autre bout
Porte le faix de tout.
Adore qui voudra tant de vertus viuantes ;
Mais les races suiuantes
En extreme peril ne demandront à Dieu
Qu'vn autre Richelieu :
Car elles n'auront plus de Roy comme le nostre,
I n'en peut naistre d'autre,

Dont le cœur indompté mettent ſes ennemis
  Au poinct qu'il les a mis.
La fortune des Grecs oza-t'elle pretendre
  Vn second Alexandre?
Rome n'euſt qu'vn Ceſar, & cét Empire icy
  N'en aura qu'vn auſſy.
Ces vaillans Palefrois dont la troupe fameuſe
  Deuoit boire la Meuſe,
N'oſeroient ſecourir ce ieune Rodomont,
  Ny partir de Blamont.
Que S. M aimain eſt doux, & qu'il fait bon en boire
  Deſſus le bord de Loire.
Gaſton c'eſt trop couru, reuenez au logis
  Tout droit à Montargis,
Et ne pretendez plus que l'Empire & l'Eſpagne
  Puiſſent rien en Champagne:
Vous auez aſſez fait le Cheualier errant
  Auecques Puylaurent.
O Mere des trois Roys, puiſſante Epiphanie
  Pourquoy t'es-tu bannie?